KB152930

큰 글
한국문학선집

김소월 시선집

진달래꽃

일러두기

1. 이 시집은 『진달래꽃』(매문사, 1925), 『김소월 전집』(김용직 편, 서울대출판부, 1996), 『김소월 시전집』(권영민 편, 문학사상사, 2007)을 참조하였다.
2. 표기는 원칙적으로 현행 맞춤법을 따랐다. 그러나 시적 효과 및 음수율과 관련된 경우는 원문의 표기를 그대로 옮겼다.
3. 원문의 " " 및 ' ' 표기는 〈 〉로 고쳤다. 그러나 원문에서 ( )를 사용한 경우는 원문의 표기를 따랐다.
4. 원문에서 표기한 한자의 경우는 필요시 그대로 두었다.
5. 작품 수록 순서는 시집 발표순서와 목차 순으로 하였다.
6. 이해를 돕기 위하여 편자 주를 달았는데, 이는 국립국어원의 뜻을 참조하였다.

목 차

먼 후일

먼 훗날 당신이 찾으시면
그때에 내 말이 〈잊었노라〉

당신이 속으로 나무라면
〈무척 그리다가 잊었노라〉

그래도 당신이 나무라면
〈믿기지 않아서 잊었노라〉

오늘도 어제도 아니 잊고
먼 훗날 그때에 〈잊었노라〉

풀 따기

우리 집 뒷산에는 풀이 푸르고
숲 사이의 시냇물, 모래 바닥은
파아란 풀 그림자, 떠서 흘러요.

그리운 우리 님은 어디 계신고,
날마다 피어나는 우리 님 생각
날마다 뒷산에 홀로 앉아서
날마다 풀을 따서 물에 던져요.

흘러가는 시내의 물이 흘러서
내어 던진 풀잎은 옅게 떠갈 제
물살이 해적해적[1] 품을 헤쳐요.

---

1) '헤적헤적'의 오기. 무엇을 찾으려고 잇따라 들추거나 파서 헤치는 모양. 또는 탐탁하지 아니한 태도로 무엇을 잇따라 께적거리며 헤치는 모양.

그리운 우리 님은 어디 계신고,
가엾은 이내 속을 둘 곳 없어서
날마다 풀을 따서 물에 던지고
흘러가는 잎이나 맘해 보아요.

바다

뛰노는 흰 물결이 일고 또 잦는
붉은 풀이 자라는 바다는 어디

고기잡이꾼들이 배 위에 앉아
사랑노래 부른 바다는 어디

파랗게 좋이 물든 남빛 하늘에
저녁놀 스러지는 바다는 어디

곳 없이 떠다니는 늙은 물새가
떼를 지어 좇니는[2] 바다는 어디

2) '쫓니는'의 오기. 서로 쫓거니 따르거니 하며 노니는.

건너서서 저 편은 딴 나라이라
가고 싶은 그리운 바다는 어디

옛이야기

고요하고 어두운 밤이 오면은
어스레한 등불에 밤이 오면은
외로움에 아픔에 다만 혼자서
하염없는 눈물에 저는 웁니다

제 한 몸도 예전엔 눈물 모르고
조그마한 세상을 보냈습니다
그때는 지난날의 옛이야기도
아무 설움 모르고 외었습니다

그런데 우리 님이 가신 뒤에는
아주 저를 버리고 가신 뒤에는
전날에 제게 있던 모든 것들이
가지가지 없어지고 말았습니다

그러나 그 한때에 외어 두었던
옛 이야기뿐만은 남았습니다
나날이 짙어가는 옛 이야기는
부질없이 제 몸을 울려줍니다

님의 노래

그리운 우리 님의 맑은 노래는
언제나 제 가슴에 젖어 있어요

긴 날을 문 밖에서 서서 들어도
그리운 우리 님의 고운 노래는
해 지고 저물도록 귀에 들려요
밤들고 잠들도록 귀에 들려요

고이도 흔들리는 노랫가락에
내 잠은 그만이나 깊이 들어요
고적한 잠자리에 홀로 누워도
내 잠은 포스근히 깊이 들어요

그러나 자다 깨면 님의 노래는

하나도 남김없이 잃어버려요
들으면 듣는 대로 님의 노래는
하나도 남김없이 잊고 말아요

님에게

한때는 많은 날을 당신 생각에
밤까지 새운 일도 없지 않지만
아직도 때마다는 당신 생각에
축업은[3] 베갯가의 꿈은 있지만

낯모를 딴 세상의 네길거리에
애달피 날 저무는 갓 스물이요
캄캄한 어두운 밤 들에 헤매도
당신은 잊어버린 설움이외다

당신을 생각하면 지금이라도
비오는 모래밭에 오는 눈물의

---

3) 축축한. 습기에 차서 눅눅한.

축업은 베갯가의 꿈은 있지만
당신은 잊어버린 설움이외다

마름 강 두덕[4]에서

서리 맞은 잎들만 쌔울지라도[5]
그 밑이야 강물의 자취 아니랴
잎새 위에 밤마다 우는 달빛이
흘러가던 강물의 자취 아니랴

빨래소리 물소리 선녀의 노래
물 싯치던[6] 돌 위엔 물때뿐이라
물때 묻은 조약돌 마른 갈 숲이
이제라고 강물의 터야 아니랴

빨래소리 물소리 선녀의 노래
물 싯치던 돌 위엔 물때뿐이라

---

4) '두둑'의 방언. 강의 언덕.
5) 쌓일지라도.
6) '스치던'의 방언.

봄밤

실버들 나무의 거무스렷한 머릿결인 낡은 가지에
제비의 넓은 깃 나래의 감색 치마에
술집에 창 옆에, 보아라, 봄이 앉았지 않은가.

소리도 없이 바람은 불며, 한숨지어라
아무런 줄도 없이 섧고 그리운 새카만 봄밤
보드라운 습기는 떠돌며 땅을 덮어라.

밤

홀로 잠들기가 참말 외로워요
맘에는 사무치도록 그리워와요
이리도 무던히
아주 얼굴조차 잊힐 듯해요.

벌써 해가 지고 어두운데요,
이곳은 인천에 제물포, 이름난 곳,
부슬부슬 오는 비에 밤이 더디고
바닷바람이 춥기만 합니다.

다만 고요히 누워 들으면
다만 고요히 누워 들으면
하이얗게 밀려드는 봄 밀물이
눈앞을 가로막고 흐느낄 뿐이야요.

꿈 꾼 그 옛날

밖에는 눈, 눈이 와라,
고요히 창 아래로는 달빛이 들어라.
어스름 타고서 오신 그 여자는
내 꿈의 품속으로 들어와 안겨라.

나의 베개는 눈물로 함빡이 젖었어라.
그만 그 여자는 가고 말았느냐.
다만 고요한 새벽, 별 그림자 하나가
창틈을 엿보아라.

꿈으로 오는 한 사람

나이 차지면서 가지게 되었노라
숨어 있던 한 사람이, 언제나 나의,
다시 깊은 잠 속의 꿈으로 와라
불그레한 얼굴에 가늣한[7] 손가락의,
모르는 듯한 거동도 전날의 모양대로
그는 야젓이 나의 팔 위에 누워라
그러나, 그래도 그러나!
말할 아무 것이 다시 없는가!
그냥 먹먹할 뿐, 그대로
그는 일어라. 닭의 홰치는 소리.
깨어서도 늘, 길거리의 사람을
밝은 대낮에 빗보고는 하노라

---

7) 가느스름한.

눈 오는 저녁

바람 자는 이 저녁
흰 눈은 퍼붓는데
무엇하고 계시노
같은 저녁 금년은……

꿈이라도 꾸면은!
잠들면 만날런가.
잊었던 그 사람은
흰 눈 타고 오시네.
저녁때, 흰 눈은 퍼부어라.

두 사람

흰 눈은 한 잎
또 한 잎
영 기슭을 덮을 때.
짚신에 감발[8]하고 길심 매고
우뚝 일어나면서 돌아서도……
다시금 또 보이는,
다시금 또 보이는.

---

8) 발감개. 발감개를 한 차림새.

못 잊어

못 잊어 생각이 나겠지요,
그런대로 한세상 지내시구려,
사노라면 잊힐 날 있으리다.

못 잊어 생각이 나겠지요.
그런대로 세월만 가라시구려,
못 잊어도 더러는 잊히오리다.

그러나 또한긋[9] 이렇지요,
〈그리워 살뜰히 못 잊는데,
어쩌면 생각이 떠지나요?〉

9) 또 한편.

예전엔 미처 몰랐어요

봄 가을 없이 밤마다 돋는 달도
〈예전엔 미처 몰랐어요〉

이렇게 사무치게 그리울 줄도
〈예전엔 미처 몰랐어요〉

달이 암만 밝아도 쳐다볼 줄을
〈예전엔 미처 몰랐어요〉

이제금 저 달이 설움인 줄은
〈예전엔 미처 몰랐어요〉

해가 산마루에 저물어도

해가 산마루에 저물어도
내게 두고는 당신 때문에 저뭅니다.

해가 산마루에 올라와도
내게 두고는 당신 때문에 밝은 아침이라고 할 것입니다.

땅이 꺼져도 하늘이 무너져도
내게 두고는 끝까지 모두 다 당신 때문에 있습니다.

다시는, 나의 이러한 맘뿐은, 때가 되면
그림자 같이 당신한테로 가오리다.

오오, 나의 애인이었던 당신이여.

꿈

닭 개 짐승조차도 꿈이 있다고
이르는 말이야 있지 않은가,
그러하다, 봄날은 꿈꿀 때.
내 몸이야 꿈이나 있으랴,
아아 내 세상의 끝이여,
나는 꿈이 그리워, 꿈이 그리워.

담배

나의 긴 한숨을 동무하는
못 잊게 생각나는 나의 담배!
내력을 잊어버린 옛 시절에
났다가 새 없이 몸이 가신
아씨님 무덤 위에 풀이라고
말하는 사람도 보았어라.
어물어물 눈앞에 스러지는 검은 연기,
다만 타 붙고 없어지는 불꽃.
아 나의 괴로운 이 맘이여.
나의 하염없이 쓸쓸한 많은 날은
너와 한가지로 지나가라.

실제(失題)

이 가람과 저 가람이 모두 쳐 흘러
그 무엇을 뜻하는고?

미더움을 모르는 당신의 맘

죽은 듯이 어두운 깊은 골의
꺼림칙한 괴로운 몹쓸 꿈의
퍼르죽죽한 불길은 흐르지만
더듬기에 지치운 두 손길은
불어 가는 바람에 식히셔요
밝고 호젓한 보름달이
새벽의 흔들리는 풀노래로
수줍음에 추움에 숨을 듯이
떨고 있는 물 밑은 여기외다

미더움을 모르는 당신의 맘

저 산과 이 산이 마주서서
그 무엇을 뜻하는고?

부모

낙엽이 우수수 떨어질 때,
겨울의 기나긴 밤,
어머님하고 둘이 앉아
옛 이야기 들어라.

나는 어쩌면 생겨나와
이 이야기 듣는가?
묻지도 말아라, 내일 날에
내가 부모 되어서 알아보랴?

잊었던 맘

집을 떠나 먼 저곳에
외로이도 다니던 내 심사를!
바람 불어 봄꽃이 필 때에는
어찌타 그대는 또 왔는가.
저도 잊고 나니 저 모르던 그대
어찌하여 옛날의 꿈조차 함께 오는가.
쓸데도 없이 서럽게만 오고 가는 맘.

봄비

어룰[10] 없이 지는 꽃은 가는 봄인데
어룰 없이 오는 비에 봄은 울어라.
서럽다, 이 나의 가슴 속에는!
보라, 높은 구름, 나무의 푸릇한 가지.
그러나 해 늦으니 어스름인가.
애달피 고운 비는 그어 오지만
내 몸은 꽃자리에 주저앉아 우노라.

10) '얼굴'의 방언.

비단 안개

눈들이 비단 안개에 둘리울 때,
그때는 차마 잊지 못 할 때러라.
만나서 울던 때도 그런 날이요,
그리워 미친 날도 그런 때러라.

눈들이 비단 안개에 둘리울 때,
그때는 홀 목숨은 못 살 때러라.
눈 풀리는 가지에 당치맛귀로
젊은 계집 목매고 달릴 때러라.

눈들이 비단 안개에 둘리울 때,
그때는 종달새 솟을 때러라.
들에랴 바다에랴, 하늘에서랴,
아지 못할 무엇에 취할 때러라.

눈들이 비단 안개에 둘리울 때,
그때는 차마 잊지 못할 때러라.
첫사랑 있던 때도 그런 날이요,
영이별 있던 날도 그런 때러라.

기억

달 아래 시멋 없이 섰던 그 여자,
서 있던 그 여자의 해쓱한 얼굴,
해쓱한 그 얼굴 적이 파릇함.
다시금 실 벋듯한 가지 아래서
시커먼 머리길은 반짝거리며.
다시금 하룻밤의 식는 강물을,
평양의 긴 단장은 슷고[11] 가던 때.
오오 그 시멋 없이 섰던 여자여!

그립다 그 한밤을 내게 가깝던
그대여 꿈이 깊던 그 한동안을
슬픔에 귀여움에 다시 사랑의

---

11) 스치다.

눈물에 우리 몸이 맡기었던 때.
다시금 고즈넉한 성 밖 골목의
사월의 늦어가는 뜬눈의 밤을
한두 개 등불 빛은 울어 새던 때,
오오 그 시멋 없이 섰던 여자여!

애모

왜 아니 오시나요.
영창에는 달빛, 매화꽃이
그림자는 산란히 휘젓는데.
아이. 눈 깍 감고 요대로 잠을 들자.

저 멀리 들리는 것!
봄철의 밀물 소리
물나리의 영롱한 구중궁궐, 궁궐의 오요한 곳,
잠 못 드는 용녀의 춤과 노래, 봄철의 밀물 소리.

어두운 가슴 속의 구석구석……
환연한 겨울 속에, 봄 구름 잠긴 곳에,
소솔비 내리며, 달무리 둘려라.
이대도록[12] 왜 아니 오시나요. 왜 아니 오시나요.

여자의 냄새

푸른 구름의 옷 입은 달의 냄새.
붉은 구름의 옷 입은 해의 냄새.
아니 땀 냄새, 때 묻은 냄새.
비에 맞아 축업은 살과 옷 냄새.

푸른 바다…… 어지러운 배……
보드라운 그리운 어떤 목숨의
조그마한 푸릇한 그무러진 영(靈)
어우러져 빗기는 살의 아우성……

다시는 장사 지나간 숲 속의 냄새.
유령 실은 널뛰는 뱃간의 냄새.

12) 이토록.

생고기의 바다의 냄새.
늦은 봄의 하늘을 떠도는 냄새.

모래 두던 바람은 그물 안개를 불고
먼 거리의 불빛은 달 저녁을 울어라.
냄새 많은 그 몸이 좋습니다.
냄새 많은 그 몸이 좋습니다.

서울 밤

붉은 전등.
푸른 전등.
널따란 거리면 푸른 전등.
막다른 골목이면 붉은 전등.
전등은 반짝입니다.
전등은 그물입니다.
전등은 또다시 어스레합니다.
전등은 죽은 듯한 긴 밤을 지킵니다.

나의 가슴의 속 모를 곳의
어둡고 밝은 그 속에서도
붉은 전등이 흐득여 웁니다.
푸른 전등이 흐득여 웁니다.

붉은 전등.
푸른 전등.
머나먼 밤하늘은 새캄합니다.
머나먼 밤하늘은 새캄합니다.
서울 거리가 좋다고 해요,
서울 밤이 좋다고 해요.

붉은 전등.
푸른 전등.
나의 가슴의 속 모를 곳의
푸른 전등은 고적합니다.
붉은 전등은 고적합니다.

가을 아침에

아득한 퍼스레한 하늘 아래서
회색의 지붕들은 번쩍거리며,
성깃한 섶나무의 드문 수풀을
바람은 오다가다 울며 만날 때,
보일락 말락 하는 멧골에서는
안개가 어스러이 흘러 쌓여라.

아아 이는 찬비 온 새벽이러라.
냇물도 잎새 아래 얼어붙누나.
눈물에 싸여 오는 모든 기억은
피 흘린 상처조차 아직 새로운
가주난 아기같이 울며 서두는
내 영을 에워싸고 속살거려라.

〈그대의 가슴 속이 가비얍던 날
그리운 그 한때는 언제였었노!〉
아아 어루만지는 고운 그 소리
쓰라린 가슴에서 속살거리는,
미움도 부끄럼도 잊은 소리에,
끝없이 하염없이 나는 울어라.

가을 저녁에

물은 희고 길구나 하늘보다도.
구름은 붉구나, 해보다도.
서럽다, 높아가는 긴 들 끝에
나는 떠돌며 울며 생각한다, 그대를.

그늘 깊어 오르는 발 앞으로
끝없이 나아가는 길은 앞으로.
키 높은 나무 아래로, 물마을은
성깃한 가지가지 새로 떠오른다.

그 누가 온다고 한 언약도 없건마는!
기다려 볼 사람도 없건마는!
나는 오히려 못 물가를 싸고 떠돈다.
그 못물로는 놀이 잦을 때.

옛 낯

생각의 끝에는 졸음이 오고
그리움의 끝에는 잊음이 오나니,
그대여 말을 말아라, 이후부터,
우리는 옛 낯없는 설움을 모르리.

님과 벗

벗은 설움에서 반갑고
님은 사랑에서 좋아라.
딸기 꽃 피어서 향기로운 때를
고추의 붉은 열매 익어가는 밤을
그대여, 부르라, 나는 마시리.

낙천

살기에 이러한 세상이라고
맘을 그렇게나 먹어야지,
살기에 이러한 세상이라고,
꽃 지고 잎 진 가지에 바람이 운다.

눈

새하얀 흰 눈, 가비얍게 밟을 눈
재 같아서 날릴 듯 꺼질 듯한 눈.
바람엔 흩어져도 불길에야 녹을 눈.
계집의 마음. 님의 마음.

깊고 깊은 언약

몹쓸 꿈을 깨어 돌아누울 때,
봄이 와서 멥나물 돋아나올 때,
아름다운 젊은이 앞을 지날 때,
잊어버렸던 듯이 저도 모르게,
얼결에 생각나는 〈깊고 깊은 언약〉

천리만리

말리지 못할 만치 몸부림하며
마치 천리만리나 가고도 싶은
맘이라고나 하여 볼까.
한줄기 쏜살같이 뻗은 이 길로
줄곧 치달아 올라가면
불붙는 산의, 불붙는 산의
연기는 한두 줄기 피어올라라.

불운에 우는 그대여

불운에 우는 그대여, 나는 아노라
무엇이 그대의 불운을 지었는지도,
부는 바람에 날려,
밀물에 흘러,
굳어진 그대의 가슴 속도.
모두 지나간 나의 일이면.
다시금 또 다시금
적황의 포말은 북고여라[13], 그대의 가슴 속의
암청의 이끼여, 거치른 바위
치는 물가의.

13) 북고이다. 물결이 기운차게 몰려와 거품을 일으키다.

황촉불

황촉불, 그저도 까맣게
스러져가는 푸른 창을 기대고
소리조차 없는 흰 밤에,
나는 혼자 거울에 얼굴을 묻고
뜻 없이 생각 없이 들여다보노라.
나는 이르노니, 〈우리 사람들
첫날밤은 꿈속으로 보내고
죽음은 조는 동안에 와서,
별 좋은 일도 없이 스러지고 말아라.〉

맘에 있는 말이라고 다 할까보냐

하소연하며 한숨을 지으며
세상을 괴로워하는 사람들이여!
말을 나쁘지 않도록 좋이 꾸밈은
닳아진 이 세상의 버릇이라고, 오오 그대들!
맘에 있는 말이라고 다 할까보냐.
두세 번 생각하라, 우선 그것이
저부터 밑지고 들어가는 장사일진댄.
사는 법이 근심은 못 가른다고,
남의 설움을 남은 몰라라.
말 마라, 세상, 세상 사람은
세상의 좋은 이름 좋은 말로써
한 사람을 속옷마저 벗긴 뒤에는
그를 네 길거리에 세워 놓아라, 장승도 마치 한 가지.
이 무슨 일이냐, 그날로부터,

세상 사람들은 제가끔 제 비위의 헐한 값으로
그의 몸값을 매기자고 덤벼들어라.
오오 그러면, 그대들은 이후에라도
하늘을 우러르라, 그저 혼자, 섧거나 괴롭거나

나의 집

들 가에 떨어져 나가 앉은 뫼 기슭의
넓은 바다의 물가 뒤에,
나는 지으리, 나의 집을,
다시금 큰길을 앞에다 두고.
길로 지나가는 그 사람들은
제가끔 떨어져서 혼자 가는 길.
하얀 여울 턱에 날은 저물 때.
나는 문간에 서서 기다리리
새벽 새가 울며 지새는 그늘로
세상은 희게, 또는 고요하게
번쩍이며 오늘 아침부터
지나가는 길손을 눈여겨보며,
그대인가고, 그대인가고.

새벽

낙엽이 발이 숨는 못물가에
우뚝우뚝한 나무 그림자
물빛조차 어슴프레 떠오르는데,
나 혼자 섰노라, 아직도 아직도,
동녘 하늘은 어두운가.
천인(天人)에도 사랑 눈물, 구름 되어,
외로운 꿈의 베개 흐렸는가.
나의 님이여, 그러나 그러나,
고이도 붉그스레 물 질러 와라
하늘 밟고 저녁에 섰는 구름.
반달은 중천에 지새일 때.

물마름

주으린 새무리는 마른 나무의
해 지는 가지에서 재갈이던 때.
온종일 흐르던 물 그도 곤하여
놀 지는 골짜기에 목이 메던 때.

그 누가 알았으랴 한쪽 구름도
걸려서 흐득이는 외로운 영(嶺)을
숨차게 올라서는 여윈 길손이
달고 쓴 맛이라면 다 겪은 줄을.

그곳이 어디더냐 남이 장군이
말 먹여 물 끼얹던 푸른 강물이
지금에 다시 흘러 둑을 넘치는
천백 리 두만강이 예서 백십리.

무산(茂山)의 큰 고개가 예가 아니냐
누구나 예로부터 의를 위하여
싸우다 못 이기면 몸을 숨겨서
한때의 못난이가 되는 법이라.

그 누가 생각하랴 삼백년래에
차마 받지 다 못할 한과 모욕을
못 이겨 칼을 잡고 일어섰다가
인력의 다함에서 스러진 줄을.

부러진 대쪽으로 활을 메우고
녹 슬은 호미쇠로 칼을 별러서
도독(荼毒) 된 삼천리에 북을 울리며

정의의 기를 들던 그 사람이여.

그 누가 기억하랴 다북동에서
피 물든 옷을 입고 외치던 일을
정주성 하룻밤의 지는 달빛에
애끊긴 그 가슴이 숯기 된 줄을.

물 위에 뜬 마름에 아침 이슬을
불붙는 산마루에 피었던 꽃을
지금에 우러르며 나는 우노라
이루며 못 이룸에 박(薄)한 이름을.

바리운 몸

꿈에 울고 일어나
들에
나와라.

들에는 소슬비
머구리[14]는 울어라.
풀 그늘 어두운데

뒷짐 지고 땅 보며 머뭇거릴 때.

누가 반딧불 꾀어드는 수풀 속에서
〈간다 잘 살아라〉 하며, 노래 불러라.

---

14) '개구리'의 방언.

바라건대는 우리에게 우리의 보습 대일 땅이 있었더면

나는 꿈꾸었노라, 동무들과 내가 가지런히
벌 가의 하루 일을 다 마치고
석양에 마을로 돌아오는 꿈을,
즐거이, 꿈 가운데.

그러나 집 잃은 내 몸이여,
바라건대는 우리에게 우리의 보습[15] 대일 땅이 있었더면!
이처럼 떠돌으랴, 아침에 저물손에[16]
새라 새로운 탄식을 얻으면서.

동이랴, 남북이랴,

---

15) 쟁기, 극젱이, 가래 따위 농기구의 술바닥에 끼우는, 넓적한 삽 모양의 쇳조각.
16) 저물녘에.

내 몸은 떠가나니, 볼지어다,
희망의 반짝임은, 별빛이 아득함은.
물결뿐 떠올라라, 가슴에 팔다리에.

그러나 어쩌면 황송한 이 심정을! 날로 나날이 내 앞에는
자칫 가느른 길이 이어가라. 나는 나아가리라
한 걸음, 또 한 걸음. 보이는 산비탈엔
온 새벽 동무들 저저 혼자…… 산경을 김 매이는.

밭고랑 위에서

우리 두 사람은
키 높이 가득 자란 보리밭, 밭고랑 위에 앉았어라.
일을 필하고 쉬이는 동안의 기쁨이여.
지금 두 사람의 이야기에는 꽃이 필 때.

오오 빛나는 태양은 내려 쪼이며
새 무리들도 즐거운 노래, 노래 불러라.
오오 은혜여, 살아 있는 몸에는 넘치는 은혜여,
모든 은근스러움이 우리의 맘속을 차지하여라.

세계의 끝은 어디? 자애의 하늘은 넓게도 덮였는데,
우리 두 사람은 일하며, 살아 있었어,
하늘과 태양을 바라보아라, 날마다 날마다도,
새라 새로운 환희를 지어내며, 늘 같은 땅 위에서.

다시 한 번 활기 있게 웃고 나서, 우리 두 사람은
바람에 일리우는 보리밭 속으로
호미 들고 들어갔어라, 가지런히 가지런히,
걸어 나아가는 기쁨이여, 오오 생명의 향상이여.

저녁 때

마소의 무리와 사람들은 돌아들고, 적적히 빈 들에,
엉머구리 소리 우거져라.
푸른 하늘은 더욱 낮추, 먼 산 비탈길 어둔데
우뚝우뚝한 드높은 나무, 잘 새도 깃들여라.

볼수록 넓은 벌의
물빛을 물끄러미 들여다보며
고개 수그리고 박은 듯이 홀로 서서
긴 한숨을 짓느냐. 왜 이다지!

온것[17]을 아주 잊었어라, 깊은 밤 예서 함께
몸이 생각에 가비엽고, 맘이 더 높이 떠오를 때.

---

17) 모든 것. 모든 일.

문득, 멀지 않은 갈 숲 새로
별빛이 솟구어라.

합장

나들이, 단 두 몸이라. 밤빛은 배어 와라.
아, 이거 봐, 우거진 나무 아래로 달 들어라.
우리는 말하며 걸었어라, 바람은 부는 대로.

등불 빛에 거리는 해적여라, 희미한 하늬 편에
고이 밝은 그림자 아득이고
퍽도 가까인, 풀밭에서 이슬이 번쩍여라.

밤은 막 깊어, 사방은 고요한데,
아마즉, 말도 안 하고, 더 안 가고,
길가에 우두커니. 눈감고 마주 서서.

먼 먼 산. 산 절의 절 종소리. 달빛은 지새어라.

열락

어둡게 깊게 목메인 하늘.
꿈의 품속으로서 굴러 나오는
애달피 잠 안 오는 유령의 눈결.
그림자 검은 개버드나무에
쏟아져 내리는 비의 줄기는
흐느껴 비끼는 주문의 소리.

시커먼 머리채 풀어 헤치고
아우성하면서 가시는 따님.
헐벗은 벌레들은 꿈틀릴 때,
흑혈(黑血)의 바다. 고목 동굴.
탁목조(啄木鳥)[18]의
쪼아리는 소리, 쪼아리는 소리.

---

18) 딱따구리.

무덤

그 누가 나를 헤내는[19] 부르는 소리.
불그스름한 언덕, 여기저기
돌무더기도 움직이며, 달빛에,
소리만 남은 노래 서러워 엉겨라,
옛 조상들의 기록을 묻어둔 그곳!
나는 두루 찾노라, 그곳에서!
형적 없는 노래 흘러 퍼져,
그림자 가득한 언덕으로 여기저기,
그 누구가 나를 헤내는 부르는 소리.
부르는 소리, 부르는 소리,
내 넋을 잡아끌어 헤내는 부르는 소리.

---

19) 헤어내는.

찬 저녁

퍼르스레한 달은, 성황당의
데군데군[20] 헐어진 담 모퉁이에
우둑히 걸리었고, 바위 위의
까마귀 한 쌍, 바람에 나래를 펴라.

엉기한 무덤들은 들먹거리며,
눈 녹아 황토 드러난 멧기슭의,
여기라, 거리 불빛도 떨어져 나와,
집 짓고 들었노라, 오오 가슴이여

세상은 무덤보다도 다시 멀고
눈물은 물보다 더욱 없어라.

---

20) 군데군데.

오오 가슴이여, 모닥불 피어오르는
내 한세상 마당가의 가을도 갔어라.

그러나 나는, 오히려 나는
소리를 들어라 눈석임물[21]이 씩어리는[22]
땅 위에 누워서, 밤마다 누워
담 모퉁이에 걸린 달을 내가 또 봄으로.

---

21) 쌓인 눈이 속으로 녹아서 흐르는 물.
22) 씩어리다. 소리를 내다.

초혼

산산이 부서진 이름이여!
허공중에 헤어진 이름이여!
불러도 주인 없는 이름이여!
부르다가 내가 죽을 이름이여!

심중에 남아 있는 말 한마디는
끝끝내 마저 하지 못하였구나.
사랑하던 그 사람이여!
사랑하던 그 사람이여!

붉은 해는 서산마루에 걸리었다.
사슴이의 무리도 슬피 운다.
떨어져 나가 앉은 산 위에서
나는 그대의 이름을 부르노라.

설움에 겹도록 부르노라.
설움에 겹도록 부르노라.
부르는 소리는 비껴가지만
하늘과 땅 사이가 너무 넓구나.

선 채로 이 자리에 돌이 되어도
부르다가 내가 죽을 이름이여!
사랑하던 그 사람이여!
사랑하던 그 사람이여!

여수

1

유월 어스름 때의 빗줄기는
암황색의 시골(屍骨)을 묶어세운 듯,
뜨며 흐르며 잠기는 손의 널쪽은
지향도 없어라, 단청의 홍문(紅門)!

2

저 오늘도 그리운 바다,
건너다보자니 눈물겨워라!
조그만한 보드라운 그 옛적 심정의
분결같던 그대의 손의

사시나무보다도 더한 아픔이
내 몸을 에워싸고 휘떨며 찔러라,
나서 자란 고향의 해 돋는 바다요.

길

어제도 하룻밤
나그네 길에
까마귀 까악까악 울며 새었소.

오늘은
또 몇 십 리
어디로 갈까.

산으로 올라갈까
들로 갈까
오라는 곳이 없어 나는 못 가오.

말 마소 내 집도
정주 곽산

차 가고 배 가는 곳이라오.

여보소 공중에
저 기러기
공중엔 길 있어서 잘 가는가?

여보소 공중에
저 기러기
열십자 복판에 내가 섰소.

갈래갈래 갈린 길
길이라도
내게 바이 갈 길은 하나 없소.

개여울

당신은 무슨 일로
그리합니까?
홀로이 개여울에 주저앉아서

파릇한 풀포기가
돋아나오고
잔물은 봄바람에 해적일 때에

가도 아주 가지는
않노라시던
그러한 약속이 있었겠지요

날마다 개여울에
나와 앉아서

하염없이 무엇을 생각합니다

가도 아주 가지는
않노라심은
굳이 잊지 말라는 부탁인지요

가는 길

그립다
말을 할까
하니 그리워

그냥 갈까
그래도
다시 더 한 번……

저 산에도 까마귀, 들에 까마귀,
서산에는 해 진다고
지저귑니다.

앞 강물, 뒷 강물,
흐르는 물은

어서 따라오라고 따라가자고
흘러도 연달아 흐릅디다 그려.

왕십리

비가 온다
오누나
오는 비는
올지라도 한 닷새 왔으면 좋지.

여드레 스무날엔
온다고 하고
초하루 삭망[23]이면 간다고 했지.
가도 가도 왕십리 비가 오네.

웬걸, 저 새야
울려거든

23) 음력 초하룻날과 보름날을 아울러 이르는 말.

왕십리 건너가서 울어나 다고,
비 맞아 나른해서 벌새가 운다.

천안에 삼거리 실버들도
촉촉이 젖어서 늘어졌다데.
비가 와도 한 닷새 왔으면 좋지.
구름도 산마루에 걸려서 운다.

무심

시집와서 삼 년
오는 봄은
거친 벌 난벌에 왔습니다

거친 벌 난벌에 피는 꽃은
졌다가도 피노라 이릅디다
소식 없이 기다린
이태 삼 년

바로 가던 앞 강이 간 봄부터
굽이돌아 휘돌아 흐른다고
그러나 말 마소, 앞 여울의
물빛은 예애로 푸르렀소

시집 와서 삼 년
어느 때나
터진개 개여울의 여울물은
거친 벌 난벌에 흘렀습니다.

산

산새도 오리나무
위에서 운다
산새는 왜 우노, 시메산골[24)]
영 넘어가려고 그래서 울지.

눈은 내리네, 와서 덮이네.
오늘도 하룻길
칠팔십 리
돌아서서 육십 리는 가기도 했소.

불귀(不歸), 불귀(不歸), 다시 불귀(不歸),
삼수갑산에 다시 불귀(不歸).

---

24) 두메산골.

사나이 속이라 잊으련만,
십오 년 정분을 못 잊겠네.

산에는 오는 눈, 들에는 녹는 눈.
산새도 오리나무
위에서 운다.
삼수갑산 가는 길은 고개의 길.

진달래꽃

나 보기가 역겨워
가실 때에는
말없이 고이 보내 드리우리다

영변에 약산
진달래꽃
아름 따다 가실 길에 뿌리우리다

가시는 걸음걸음
놓인 그 꽃을
사뿐히 즈려밟고 가시옵소서

나 보기가 역겨워
가실 때에는
죽어도 아니 눈물 흘리우리다

삭주구성

물로 사흘 배 사흘
먼 삼천 리
더더구나 걸어 넘는 먼 삼천 리
삭주구성[25]은 산을 넘은 육천 리요

물 맞아 함빡이 젖은 제비도
가다가 비에 걸려 오노랍니다
저녁에는 높은 산
밤에 높은 산

삭주구성은 산 너머
먼 육천 리

25) 평안북도 삭주(朔州)와 구성(龜城). 신의주에서 80Km 떨어진 동북 지역의 산간 지역.

가끔가끔 꿈에는 사오천 리
가다 오다 돌아오는 길이겠지요

서로 떠난 몸이길래 몸이 그리워
님을 둔 곳이길래 곳이 그리워
못 보았소 새들도 집이 그리워
남북으로 오며 가며 아니합디까

들 끝에 날아가는 나는 구름은
밤쯤은 어디 바로 가 있을 텐고
삭주구성은 산 너머
먼 육천 리

널

성촌(城村)의 아가씨들
널 뛰노나
초파일날이라고
널을 뛰지요

바람 불어요
바람이 분다고!
담 안에는 수양의 버드나무
채색 줄 층층그네 매지를 말아요

담 밖에는 수양의 늘어진 가지
늘어진 가지는
오오 누나!
휘젓이[26] 늘어져서 그늘이 깊소

좋다 봄날은
몸에 겹지
널뛰는 성촌의 아가씨들
널은 사랑의 버릇이라오

26) 휘어지듯이.

접동새

접동
접동
아우래비 접동

진두강 가람 가에 살던 누나는
진두강 앞마을에
와서 웁니다

옛날, 우리나라
먼 뒤쪽의
진두강 가람 가에 살던 누나는
의붓어미 시샘에 죽었습니다

누나라고 불러보랴

오오 불설워[27]

시새움에 몸이 죽은 우리 누나는

죽어서 접동새가 되었습니다

아홉이나 남아 되던 오랩동생[28]을

죽어서도 못 잊어 차마 못 잊어

야삼경 남 다 자는 밤이 깊으면

이산 저산 옮아가며 슬피 웁니다.

---

27) 불쌍하고 서러워.

28) 오라비 동생.

집 생각

산에나 올라서서
바다를 보라
사면에 백여 리, 창파(滄波) 중에
객선만 중중…… 떠나간다.

명산대찰이 그 어느메냐
향안(香案), 향탑(香榻), 대그릇에
석양이 산머리 넘어가고
사면에 백여 리, 물소리라

〈젊어서 꽃 같은 오늘날로
금의(錦衣)로 환고향(還故鄕)하옵소서.〉
객선만 중중…… 떠나간다
사면에 백여 리, 나 어찌 갈까

까투리도 산 속에 새끼 치고
타관 만 리에 와 있노라고
산중만 바라보며 목 메인다
눈물이 앞을 가리운다고

들에나 내려오면
치어다보라
해님과 달님이 넘나든 고개
구름만 첩첩…… 떠돌아간다

산유화

산에는 꽃 피네
꽃이 피네
갈 봄 여름 없이
꽃이 피네

산에
산에
피는 꽃은
저만치 혼자서 피어 있네

산에서 우는 작은 새요
꽃이 좋아
산에서
사노라네

산에는 꽃 지네
꽃이 지네
갈 봄 여름 없이
꽃이 지네

꽃 촉불 켜는 밤

꽃 촉불 켜는 밤, 깊은 골방에 만나라.
아직 젊어 모를 몸, 그래도 그들은
〈해 달같이 밝은 맘, 저저마다 있노라.〉
그러나 사랑은 한두 번만 아니라, 그들은 모르고.

꽃 촉불 켜는 밤, 어스러한 창 아래 만나라.
아직 앞길 모를 몸, 그래도 그들은
〈솔대같이 굳은 맘, 저저마다 있노라.〉
그러나 세상은, 눈물 날 일 많아라, 그들은 모르고,

부귀공명

거울 들어 마주 온 내 얼굴을
좀 더 미리부터 알았던들
늙는 날 죽는 날을
사람은 다 모르고 사는 탓에,
오오 오직 이것이 참이라면
그러나 내 세상이 어디인지?
지금부터 두 여덟 좋은 연광(年光)[29]
다시 와서 내게도 있을 말로
전보다 좀 더 전보다 좀 더
살음직히 살는지 모르련만
거울 들어 마주 온 내 얼굴을
좀 더 미리부터 알았던들!

---

29) 나이.

무신(無信)

그대가 돌이켜 물을 줄도 내가 아노라,
〈무엇이 무신(無信)함이 있더냐?〉 하고,
그러나 무엇하랴 오늘날은
야속히도 당장에 우리 눈으로
볼 수 없는 그것을, 물과 같이
흘러가서 없어진 맘이라고 하면.

검은 구름은 멧기슭에서 어정거리며,
애처롭게도 우는 산의 사슴이
내 품에 속속들이 붙안기는 듯.
그러나 밀물도 쎄이고[30] 밤은 어두워
닻 주었던[31] 자리는 알 길이 없어라.

30) 쎄이다. 조수가 빠지다. 썰물.
31) '닻을 내렸던'의 뜻으로 추정.

시정(市井)의 흥정 일은
외상으로 주고받기도 하건마는.

사노라면 사람은 죽는 것을

하루에도 몇 번씩 내 생각은
내가 무엇 하려고 살려는지?
모르고 살았노라, 그럴 말로
그러나 흐르는 저 냇물이
흘러가서 바다로 든댈진댄.
일로 좇아 그러면 이내 몸은
애쓴다고는 말부터 잊으리라.
사노라면 사람은 죽는 것을
그러나, 다시 내 몸,
봄빛의 불붙는 사태흙에
집 짓는 저 개아미
나도 살려 하노라, 그와 같이
사는 날 그날까지
살음에 즐거워서

사는 것이 사람의 본뜻이면
오오 그러면 내 몸에는
다시는 애쓸 일도 더 없어라
사노라면 사람은 죽는 것을.

하다못해 죽어 달래가 옳나

아주 나는 바랄 것 더 없노라
빛이랴 허공이랴,
소리만 남은 내 노래를
바람에나 띄워서 보낼 밖에.
하다못해 죽어 달래가 옳나
좀 더 높은 데서나 보았으면!

한세상 다 살아도
살은 뒤 없을 것을,
내가 다 아노라 지금까지
살아서 이만큼 자랐으니
예전에 지내 본 모든 일을
살았다고 이를 수 있을진댄!

물가의 닳아져 널린 굴 꺼풀에
붉은 가시덤불 뻗어 늙고
어둑어둑 저문 날을
비바람에 울지는 돌무더기
하다못해 죽어 달래가 옳나
방의 고요한 때라도 지켰으면!

희망

날은 저물고 눈이 내려라
낯설은 물가으로 내가 왔을 때.
산 속의 올빼미 울고 울며
떨어진 잎들은 눈 아래로 깔려라.

아아 숙살(肅殺)[32]스러운 풍경이여
지혜의 눈물을 내가 얻을 때!
이제금 알기는 알았건마는!
이 세상 모든 것을
한갓 아름다운 눈어림의
그림자뿐인 줄을.

32) 기운이나 분위기 따위가 냉랭하고 살벌함.

이울어 향기 깊은 가을밤에
우무주러진[33] 나무 그림자
바람과 비가 우는 낙엽 위에.

---

33) 움츠러진.

나는 세상모르고 살았노라

〈가고 오지 못한다〉는 말을
철없던 내 귀로 들었노라.
만수산 올라서서
옛날에 갈라선 그 내 님도
오늘날 뵈올 수 있었으면.

나는 세상모르고 살았노라,
고락(苦樂)에 겨운 입술로는
같은 말도 조금 더 영리하게
말하게도 지금은 되었건만.
오히려 세상모르고 살았으면!

〈돌아서면 무심타〉는 말이
그 무슨 뜻인 줄을 알았으랴.

제석산(啼昔山) 붙는 불은 옛날에 갈라선 그 내 님의
무덤의 풀이라도 태웠으면!

금잔디

잔디,
잔디,
금잔디.
심심산천에 붙는 불은
가신 님 무덤가에 금잔디.
봄이 왔네, 봄빛이 왔네.
버드나무 끝에도 실가지에.
봄빛이 왔네, 봄날이 왔네,
심심산천에도 금잔디에.

강촌

날 저물고 돋는 달에
흰 물은 솰솰……
금모래 반짝……
청노새 몰고 가는 낭군!
여기는 강촌
강촌에 내 몸은 홀로 사네.
말하자면, 나도 나도
늦은 봄 오늘이 다 진(盡)토록
백년처권(百年妻眷)[34]을 울고 가네.
길세[35] 저문 나는 선비,
당신은 강촌에 홀로 된 몸.

---

34) 자기에게 평생 딸린 식구.
35) '날씨'의 방언.

엄마야 누나야

엄마야 누나야 강변 살자,
뜰에는 반짝이는 금모랫빛,
뒷문 밖에는 갈잎의 노래
엄마야 누나야 강변 살자.

팔베개 노래

첫날에 길동무
만나기 쉬운가
가다가 만나서
길동무 되지요.

가장(家長)님만 님이랴
정들면 님이지
한평생 고락을
다짐 둔 팔베개

첫닭아 꼬꾸요
목 놓지 말아라
내 품에 안긴 님
단꿈이 깰리라.

오늘은 하룻밤
단잠의 팔베개
내일은 상사(相思)의
거문고 베개라.

조선의 강산아
네 그리 좁더냐
삼천리 서도(西道)를
끝까지 왔노라.

집 뒷산 솔버섯
다투던 동무야
어느 뉘 가문에

시집을 갔느냐.

공중에 뜬 새도
의지가 있건만
이 몸은 팔베개
뜬 풀로 돌지요.

장별리

연분홍 저고리, 빨간 불 붙은
평양에도 이름 높은 장별리
금실 은실의 가는 비는
비스듬히도 내리네, 뿌리네.

털털한 배암 무늬 돋은 양산에
내리는 가는 비는
위에나 아래나 내리네, 뿌리네.

흐르는 대동강, 한복판에
울며 돌던 벌새의 떼 무리,
당신과 이별하던 한복판에
비는 쉴 틈도 없이 내리네, 뿌리네.

고적한 날

당신님의 편지를
받은 그날로
서러운 풍설(風說)[36]이 돌았습니다.

물에 던져 달라고 하신 그 뜻은
언제나 꿈꾸며 생각하라는
그 말씀인 줄 압니다.

흘려 쓰신 글씨나마
언문 글자로
눈물이라고 적어 보내셨지요.

---

36) 풍문.

물에 던져 달라고 하신 그 뜻은
뜨거운 눈물 방울방울 흘리며,
맘 곱게 읽어 달라는 말씀이지요.

해 넘어가기 전 한참은

해 넘어가기 전 한참은
하염없기도 그지없다,
연주홍물 엎지른 하늘 위에
바람의 흰 비둘기 나돌으며 나뭇가지는 운다.

해 넘어가기 전 한참은
조마조마하기도 끝없다,
저의 맘을 제가 스스로 늦구는[37] 이는 복 있나니
아서라, 피곤한 길손은 자리 잡고 쉴지어다.

까마귀 좇는다
종소리 비낀다.

---

37) '눅이는'의 방언.

송아지가 〈음마〉 하고 부른다.
개는 하늘을 쳐다보며 짖는다.

해 넘어가기 전 한참은
처량하기도 짝 없다
마을 앞 개천가의 체지(體地)[38] 큰 느티나무 아래를
그늘진 데라 찾아 나가서 숨어 울다 올 꺼나.

해 넘어가기 전 한참은
귀엽기도 더하다.
그렇거든 자네도 이리 좀 오시게
검은 가사로 몸을 싸고 염불이나 외우지 않으랴.

---

38) 나무의 그루터기.

해 넘어가기 전 한참은
유난히 다정도 할세라
고요히 서서 물모루[39] 모루 모루
치마폭 번쩍 펼쳐 들고 반겨오는 저 달을 보시오.

---

39) 강물이 흘러가다가 모가 져서 굽이도는 곳.

기회

강 위에 다리는 놓였던 것을!
나는 왜 건너가지 못했던가요.
<때>의 거친 물결은 볼 새도 없이
다리를 무너치고 흐릅니다려

먼저 건넌 당신이 어서 오라고
그만큼 부르실 때 왜 못 갔던가!
당신과 나는 그만 이편저편서.
때때로 울며 바랄 뿐입니다려.

야(夜)의 우적(雨滴)

어디로 돌아가랴,
나의 신세는,
내 신세 가엾이도
물과 같아라.

험굿은 산 막지면[40]
돌아서 가고,
모지른 바위이면
넘쳐흐르랴.

그러나 그리해도
헤날 길 없어,

40) 산이 가파르면.

가엾은 설움만은
가슴 눌러라.

그 아마 그도 같이
야(夜)의 우적(雨滴),[41]
그같이 지향 없이
헤매임이라.

41) 빗방울.

그리워

봄이 다 가기 전,
이 꽂이 다 흗기 전
그린 임 오실가구
뜨는 해 지기 전에.

열게 흰 안개 새에
바람은 무겁거니,
밤 샌 달 지는 양자,
어제와 그리 같이.

붙일 길 없는 맘세,
그린 인 언제 뵐련,
우는 새 다음 소린,
늘 함께 듣사오면.

춘강

속잎 푸른 고운 잔디
소리라도 내려는 듯,
쟁쟁하신 고운 햇볕
눈 뜨기에 바드랍네.

자주 들인 적인 꽃과
노란 물든 산국화엔,
달고 옅은 인새 흘러
나비 벌이 잠재우네.

복사나무 살구나무,
불그스레 취하였고,
개창버들 파란 가지
길게 늘여 어리이네.

일에 갔던 팔린 소는
설운 듯이 길게 울고.
모를 시름 조던 개는
다리 번고 하품하네.

청초청초 우거진 곳,
송이송이 붉은 꽃숨,
꿈같이 그 우리 님과
손목 잡고 놀던 델세.

이 한 밤

대동강 흐르는 물, 다시금 밤중,
다시금 배는 흘러 대이는 깁섬.
실비는 흔들리며 어둠의 속에
새카만 그네의 눈, 젖어서 울 때,
흐트러진 머리길, 손에는 감겨,
두 입김 오고가는 몽롱한 향기.
훗날, 가난한 나는, 먼 나라에서
이 한밤을 꿈같이 생각하고는
그만큼 설움에 차서, 어떻게도, 너
하늘로 올라서는 저 달이 되어
밤마다 베개 위에 창가에 와서
내 잠을 깨운다고 탄식을 하리.

맘에 속의 사람

잊힐 듯이 볼 듯이 늘 보던 듯이
그립기도 그리운 참말 그리운
이 나의 맘에 속에 속모를 곳에
늘 있는 그 사람을 내가 압니다.

인제도 인제라도 보기만 해도
다시 없이 살뜰할 그 내 사람은
한두 번만 아니게 본 듯하여서
나자부터 그리운 그 사람이요.

남은 다 어림없다 이를지라도
속에 깊이 있는 것 어찌하는가,
하나 진작 낯모를 그 내 사람은
다시 없이 알뜰한 그 내 사람은

나를 못 잊어하여 못 잊어하여
애타는 그 사랑이 눈물이 되어,
한끝 만나리 하는 내 몸을 가져
몹쓸음을 둔 사람, 그 나의 사람?

가는 봄 삼월

가는 봄 삼월, 삼월은 삼질
강남 제비도 안 잊고 왔는데.
아무렴은요
설게 이때는 못 잊게, 그리워.

잊으시기야, 했으랴, 하마 어느새,
님 부르는 꾀꼬리 소리.
울고 싶은 바람은 점도록[42] 부는데
설리도 이때는
가는 봄 삼월, 삼월은 삼질.

---

42) 저물도록.

눈물이 쉬루르 흘러납니다

눈물이 수르르 흘러납니다,
당신이 하도 못 잊게 그리워서
그리 눈물이 수르르 흘러납니다.

잊히지도 않는 그 사람은
아주나 내버린 것이 아닌데도,
눈물이 수르르 흘러납니다.

가뜩이나 설운 맘이
떠나지 못할 운(運)에 떠난 것도 같아서
생각하면 눈물이 쉬루르 흘러납니다.

어려 듣고 자라 배워 내가 안 것은

이것이 어려운 일인 줄은 알면서도,
나는 아득이노라[43], 지금 내 몸이
돌아서서 한 걸음만 내어놓으면!
그 뒤엔 모든 것이 꿈 되고 말련마는,
그도 보면 엎드러친 물은 흘러버리고
산에서 시작한 바람은 벌에 불더라.

타다 남은 촉(燭)불의 지는 불꽃을
오히려 뜨거운 입김으로 불어가면서
비추어 볼 일이야 있으랴, 오오 있으랴
차마 그대의 두려움에 떨리는 가슴의 속을,
때에 자리 잡고 있는 낯모를 그 한 사람이

---

43) 힘에 겹고 괴로워 요리조리 애쓰며 고심하노라.

나더러 〈그만하고 갑시사〉 하며, 말을 하더라.

붉게 익은 댕추[44]의 씨로 가득한 그대의 눈은
나를 가르쳐 주었어라, 열 스무 번 가르쳐 주었어라.
어려 듣고 자라 배워 내가 안 것은
무엇이랴 오오 그 무엇이랴?
모든 일은 할 대로 하여 보아도
얼마만한 데서 말 것이더라.

44) 고추.

배

개여울에 닻 준 배는
내일이라도
순풍만 불 말로 떠나간다고.
개여울에 닻 준 배는
이 밤이라도
밀물만 밀 말로 떠나간다고.

물 밀고 바람 불어
때가 될 말로
개여울에 닻 준 배는 떠나갈 테지.

가시나무

산에 가시나무
가시덤불은
덤불덤불 산마루로
뻗어 올랐소.

산에는 가려 해도
가지 못하고
바로 말로[45]
집도 있는 내 몸이라오.
길에는 혼잣몸의
홑옷자락은
하룻밤 눈물에는

45) 바로 말하자면.

젖기도 했소.

산에는 가시나무
가시덤불은
덤불덤불 산마루로
뻗어 올랐소.

옷과 밥과 자유

공중에 떠다니는
저기 저 새요
네 몸에는 털 있고 깃이 있지.

밭에는 밭곡식
논에는 물벼
눌하게 익어서 수그러졌네!

초산(楚山) 지나 적유령
넘어선다
짐 실은 저 나귀는 너 왜 넘니?

김소월
(金素月, 1902.08.06(음)~1934.12.24)

시인.

본명은 김정식(金廷湜), 호는 소월(素月). 본관은 공주(公州)이다.
평안북도 구성군에서 출생하였으며, 평안북도 곽산군에서 성장하였다.
서구문학이 범람하던 시대에 민족 고유의 정서에 기반을 둔 시를 쓴
민족시인으로 우리에게 알려져 있다.

아버지는 성도(性燾), 어머니는 장경숙(張景淑)이다. 1904년(2세 때)
처가로 가던 부친 김성도는 정주군과 곽산군을 잇는 철도 공사장의
일본인 목도꾼들에게 폭행 당하여 정신병을 앓게 되어 광산업을 하던
조부의 손에 자랐다. 김소월에게 이야기의 재미를 가르쳐 영향을 끼
친 숙모 계희영을 만난 것도 이 무렵이다.
평안북도 곽산에 있는 사립인 남산학교(南山學校)를 졸업하고 1915
년 평안북도 정주 오산고등보통학교에서 조만식과 평생 문학의 스승

김억을 만났다.

1916년 오산학교 재학 시절에 고향 구성군 평지면의 홍단실과 결혼을 했으며, 스승 김억의 격려를 받아 1920년 동인지 『창조』 5호(「그리워」)에 처음으로 시를 발표했다.

1919년 3.1 만세운동에 참여. 4월에 「춘조」를 탈고하였다. 오산학교(五山學校) 중학부에 다니던 중 3.1 운동 직후 한때 폐교되자 1922년 배재고등보통학교 5학년에 편입해서 졸업하였다.

1922년부터는 주로 『개벽』을 무대로 활약했으며, 김억을 위시한 『영대(靈臺)』 동인에 가담하여 활동하였다.

1923년 처가의 도움으로 일본 동경상과대학 예과에 입학하였으나 9월 관동대진재(關東大震災)로 중퇴하고 귀국하였다. 일본에서 귀국한 뒤 할아버지가 경영하는 광산의 일을 도우며 고향에 있었으나 광산업의 실패로 가세가 크게 기울어져 처가인 구성군으로 이사하였다. 구성군 남시에서 동아일보지국을 개설하고 경영하였으나 실패하는 바람에 극도의 빈곤에 시달렸으며, 정신적으로 큰 타격을 받고 술로 세월을 보냈으며, 친척들로부터도 천시를 받았다.

1925년에는 생전에 낸 유일한 시론 「시혼(詩魂)」(『개벽』 59호)을 발표했으며, 이 해 말에 유일한 시집인 『진달래꽃』(매문사)를 발간한다.

1930년대에 들어서 작품활동은 저조해졌고 그 위에 생활고가 겹쳐서 생에 대한 의욕을 잃기 시작하였다. 그리하여 1934년(향년 33세)에 고향 곽산에 돌아가 아편을 먹고 자살하였다.

사후 43년만인 1977년 그의 시작 노트가 발견되었는데, 여기에 실린 시들 중에 스승 김억의 시로 이미 발표된 것들이 있어 사람들을 놀라게 했다.

김억이 제자의 시를 자신의 시로 둔갑시켜 발표했던 것이다.

1981년 예술분야에서 대한민국 최고인 금관문화훈장(1등급)이 추서되었으며, 서울 남산에 그를 기리는 시비가 세워졌다.

사후 저서로는 김억이 엮은 『소월시초(素月詩抄)』(1939)와 하동호·백순재 공편의 「못잊을 그 사람」(1966)이 있다.

1920년 「낭인(浪人)의 봄」, 「야(夜)의 우적(雨滴)」, 「오과(午過)의 읍(泣)」, 「그리워」, 「춘강(春崗)」 등 『창조』에 발표

1920년 「거친 풀 흐트러진 모래동으로」를 『학생계』 창간호에 발표

1922년 「금잔디」, 「첫치마」, 「엄마야 누나야」, 「진달래꽃」, 「개여울」, 「제비」, 「강촌(江村)」, 「함박눈」 등 『개벽』(28호)에 발표

1923년 「예전엔 미처 몰랐어요」, 「삭주구성(朔州龜城)」, 「가는 길」, 「산(山)」, 「장별리」 등을 『개벽』에 발표

1923년 「접동」을 『배재』 2호 발표

1923년 「왕십리(往十里)」를 『신천지(新天地)』에 발표

1924년 「밭 고랑 위에서」(『영대』), 「나무리벌노래」(동아일보) 발표

1925년 「꽃촉(燭)불 켜는 밤」, 「무신(無信)」 등 『영대』에 발표

1925년 「옷과 밥과 자유」는 동아일보에 발표

1925년 「물마름」은 『조선문단』에 발표

1925년 「지연(紙鳶)」은 『문명(文明)』에 발표

1925년 「시혼(詩魂)」은 『개벽』에 발표

1925년 생전 유일한 시집인 『진달래꽃』 발간

**1925년에 발표한 시집 『진달래꽃』에는 김소월이 그동안 써두었던 전 작품 126편이 수록되었다. 김소월의 전기 시에 해당된다. 김소월은 민요시인이다. 전통적인 한(恨)의 정서를 여성적 정조(情調)로서 민요적 율조와 민중적 정감을 노래한다.

생에 대한 깨달음은 「산유화」, 「첫치마」, 「금잔디」, 「달맞이」 등에서 피고 지는 꽃의 생명원리, 태어나고 죽는 인생원리, 생성하고 소멸하는 존재원리에 관한 통찰로 이어진다.
또한 「진달래꽃」, 「예전엔 미처 몰랐어요」, 「먼 후일」, 「꽃 촉불 켜는 밤」, 「못 잊어」 등에서는 만나고 떠나는 사랑의 원리를 통한 삶의 인식을 보여주고 있다.
이러한 생에 대한 인식은 「시혼」에서 역설적 상황을 지닌 음영의 시학이라는 상징시학으로 전개하고 있다.

시집 『진달래꽃』 이후의 후기 시에서는 현실인식과 민족주의적인 색채가 강하게 부각된다.
민족혼에 대한 신뢰와 현실긍정적인 경향을 보인 시로는 「들도리」(1925), 「건강(健康)한 잠」(1934), 「상쾌(爽快)한 아침」(1934)을 들 수 있고, 삶의 고뇌를 노래한 시로는 「돈과 밥과 맘과 들」(1926), 「팔벼개 노래」(1927), 「돈타령」(1934), 「삼수갑산(三水甲山)·차안서선생삼수갑산운(次岸曙先生三水甲山韻)」(1934) 등을 들 수 있다.

시의 율격은 삼음보격을 지닌 7·5조의 정형시로서 자수율보다는 호흡률을 통해 자유롭게 성공시켰으며, 민요적 전통을 계승 발전시킨 독창적인 율격으로 평가된다. 또한 임을 그리워하는 여성 화자의 목소리를 통하여 향토적 소재와 설화적 내용을 민요적 기법을 사용하여 표현함으로써 민족적 정감을 느끼게 하였다.

**초기에는 민요조의 여성적이고 서정적인 목소리의 시작활동을 하였으나 후기작(「바라건대는 우리에게 우리의 보습 대일 땅이 있었더라면」 등)에서는 민족적 현실의 각성을 통해 남성적이며 참여적인 목소리로 기울었다.

**김소월에 대한 평가

조연현은 "김소월의 시는 그 어느 것을 막론하고 향토적인 체취가 강하게 풍기고 있다"면서 "한 마디로 전통적인 시인"이라고 평했고, 조병춘은 "우리 민족의 문학적 생리에 배겨 있는 민중적·민요적 리듬을 가장 적절하게 건드려 준 시인"이라고 했다. 김현은 김소월의 시가 "전래의 정한의 세계를 새로운 리듬으로 표현해 낸 것이며, 그런 의미에서 새로운 민요에 속한다"고 했으며, 유종호는 김소월의 젊은 시절 시단에서 이른바 〈조선주의〉가 유행이었으나, 시인은 "조선이라는 말을 쓰지 않은 채 조국의 산하에 지천으로 피고 지는 진달래라는 표상을 선택함으로써 겨레 감정에 호소한다. 그는 추상적인 관념에서 출발하지 않고 구체에서 출발하는 것이다. 이 하나만 가지고서도 그는 당대의 누구보다도 시인이요 터주시인" 이라고 했고, 김용직은 김소월을 "우리 현대시사의 한 표준이며 역사"라고 했다.

큰글한국문학선집: 김소월 시선집

진달래꽃

© 글로벌콘텐츠, 2015

1판 1쇄 인쇄_2015년 07월 10일
1판 1쇄 발행_2015년 07월 20일

지은이_김소월
엮은이_글로벌콘텐츠 편집부
펴낸이_홍정표

펴낸곳_글로벌콘텐츠
등 록_제25100-2008-24호

공급처_(주)글로벌콘텐츠출판그룹
기획·마케팅_노경민 편집_김현열 송은주 디자인_김미미 경영지원_안선영
주소_서울특별시 강동구 천중로 196 정일빌딩 401호
전화_02-488-3280 팩스_02-488-3281
홈페이지_www.gcbook.co.kr

값 12,000원
ISBN 979-11-5852-005-2 03810